STAR WARS

— ABENTEUER —

Geschichten aus Vaders Festung

REDAKTION:
GUNTHER NICKEL

CHEFREDAKTION:
JO LÖFFLER

GRAFIK & LETTERING:
49 GRAD-MEDIENAGENTUR,
WWW.49GRAD.DE

IMPRESSUM

STAR WARS Abenteuer 9 – Geschichten aus Vaders Festung
wird von der Panini Verlags GmbH herausgegeben, Schloßstr. 76,
70176 Stuttgart. Geschäftsleitung: Hermann Paul; Head of Editorial:
Jo Löffler (v.i.S.d.P.); Redaktion/Übersetzung: Gunther Nickel,
redaktionelle Mitarbeit: Alysha Burton, Head of Marketing: Holger Wiest
(E-Mail: marketing@panini.de); Lettering & Grafik: 49 Grad-Medienagentur; Produktion: Sanja Ancic; Druck: Lito Terrazzi.

Anzeigen: BLAUFEUER VERLAGSVERTRETUNGEN GmbH,
info@blaufeuer.de. Es gilt die Anzeigenpreisliste Nr. 18 vom 1.10.2020

Vertriebsservice: stella distribution, Hamburg, Fax: 040/808053050.

Presse & PR: Steffen Volkmer

Panini-Nachbestell-Service: Bezugsmöglichkeiten
für ältere Ausgaben unter www.paninicomics.de.

**Diese Ausgabe enthält die Comics der
US *Star Wars Adventures: Tales From Vader's Castle***

YDSWAD009

978-3-7416-2526-8

Findet uns im Netz:
www.paninicomics.de

Auch als E-Comic erhältlich:
ISBN 978-3-7367-7808-5 (.pdf)
ISBN 978-3-7367-7810-8 (.epub)
ISBN 978-3-7367-7809-2 (.mobi)

Cover: **Francesco Francavilla**

Autor: **Cavan Scott**

Erstes Kapitel

Zeichnungen und Farben: **Derek Charm** [6-11, 25-26]
& **Chris Fenoglio** [12-24]

Zweites Kapitel

Zeichnungen: **Derek Charm** [27-29, 45-46] & **Kelley Jones** [30-44];
Farben: **Derek Charm** [27-29, 45-46] & **Michelle Madsen** [30-44]

Drittes Kapitel

Zeichnungen: **Derek Charm** [47-49, 65-66] & **Corin Howell** [50-64];
Farben: **Derek Charm** [47-49, 65-66] & **Valentina Pinto** [50-64]

Viertes Kapitel

Zeichnungen und Farben: **Derek Charm** [67-88]

Fünftes Kapitel

Zeichnungen: **Derek Charm** [89-90, 105-108] & **Robert Hack** [91-104];
Farben: **Derek Charm** [89-90, 105-108] & **Charlie Kirchoff** [91-104]

Sechstes Kapitel

Zeichnungen: **Derek Charm** [109-110, 115-128] &
Charles Paul Wilson III [111-114];
Farben: **Derek Charm** [109-110, 115-128]
& **Michael Devito** [111-114]

Inzwischen war ich Kommandantin in der Rebellenallianz. **Lina Graf**. Fliegerass und Ingenieurin. Furchtlos.

L-Lina, sie haben unsere Schubdüse zerstört.

Hab ich gesehen.

Und dann war da **Skritt**. Ein Techniker, der vor **allem** Angst hatte.

Leutnant Hudd, der vom Dieb zum Rebellen geworden war. Er hatte eine große Klappe, aber das Herz am rechten Fleck. Zumindest meistens.

Schluss mit der Panik, Käferjunge.

Wir tun, was wir können.

Nein, Skritt hat recht. Die **Auric** zerfällt gerade.

Hey, Ge-Drei ...

... könntest du dich um diese **TIEs** kümmern?

Mit Vergnügen, Commander Graf ...

XM-G3 war ein ehemaliger Personenschutzdroide und er war das Kraftpaket unserer zusammengewürfelten Mannschaft.

... Sie müssen nur fragen.

PEW PEW

KRAKOOM

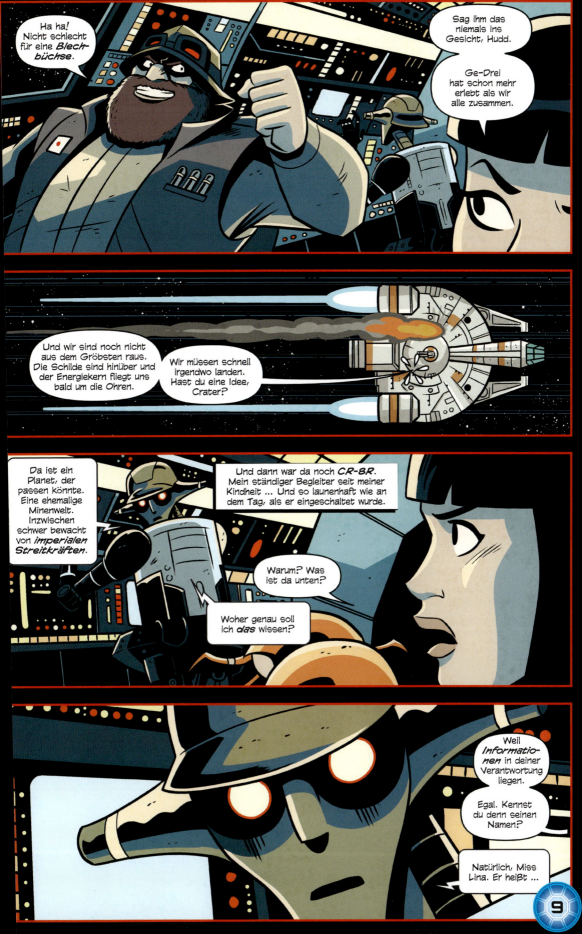

Ich ahnte nicht, welch *Schrecken* uns erwartete ...

Geht es allen gut?

Nicht wirklich. Der arme Techniker Skritt ist so verängstigt, dass er sich wieder mal zusammengerollt hat.

Das nehme ich dem kleinen Kerl nicht übel.

Habt ihr mal *raus-geschaut?*

Das sieht wie in einem *Albtraum* aus.

Unheimlich oder nicht, wir müssen von diesem Schiff runter.

Was? Nach draußen? Das kann nicht Ihr ernst sein.

Crater, der Antrieb ist kaputt und die Temperatur steigt mit jeder Sekunde.

Wenn wir hier bleiben, werden wir *gebacken.*

Aber ...

Nichts aber, Crater. Wir haben keine Zeit für Diskussionen.

Miss Lina, hören Sie mir zu. Nach draußen zu gehen, ist das *Schlechteste,* das wir tun können.

Das erinnert mich an etwas, das *Chopper* einst berichtet hat ...

11

„Und dann sind sie gestartet ... ohne zu wissen, dass sie einen *Phantompassagier* an Bord hatten."

KKRAKKLE

Hera, ich empfange einen Notruf.

Er kommt von Graysoms Kapsel.

BOOOP BOOOP

Endlich!

„Holen wir ihn an Bord."

Ruhig. Du bist in Sicherheit. Wir haben dich.

Sicherheit? Nein ... nein, bin ich nicht.

Mein Schiff, die *Nest* ...

Wir haben gesehen, dass sie abgestürzt ist.

Nein ... ihr versteht das nicht ...

Der Grund für den Absturz ...

Captain Syndulla, auf der *Nest* hat es *gespukt!*

"... ist eine Kabinentür unser geringstes Problem."

Chopper, ich weiß nicht, was in dich gefahren ist, aber *hör damit auf*. Sofort!

Aufhören? Nein, das ist erst der Anfang.

Aaargh!

VZZZT

Du hast keine Ahnung, wie es war ... unzählige Jahrhunderte in der Leere verloren zu sein.

Einst war ich allmächtig ... [kon]nte die Macht nach meinem [Wil]len einsetzen. Dann nahmen [di]e Jedi mir meinen Körper ... [un]d hielten mich zwischen den Sternen gefangen.

Aber jetzt bin ich zurück. Ich werde durch die Galaxis wüten und von einem Droiden zum nächsten und von einem Schiff zum nächsten übergehen.

Hhh ...

Nicht, wenn ich dich aufhalte, was du auch ...

Oh, nein.

Kanans Holocron.

Nimm das Schiff. Nimm Chopper, aber bitte nicht das!

21

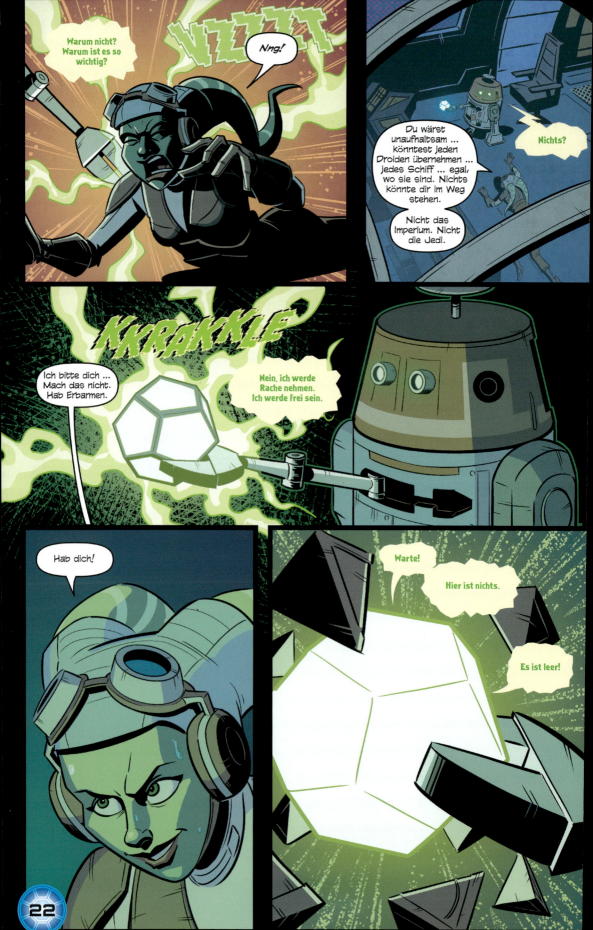

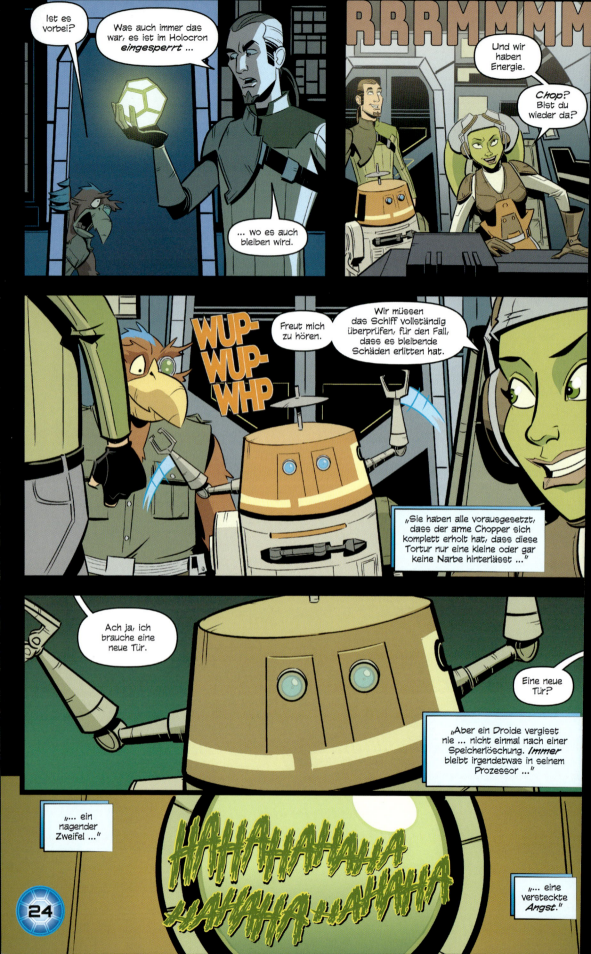

Ja, ja, wir haben es kapiert. Unheimliche Dinge sind geschehen, weil sie rausgegangen sind.

Aber das hier ist *keine* deiner Geschichten, Crater. Wir werden bald *frittiert*.

Ich sag's nur ungern, aber Hudd hat recht. Die Außenhülle *schmilzt* bereits.

Wir müssen hier raus ...

„... bevor es zu spät ist."

GLOOP

Denkst du immer noch, wir hätten an Bord bleiben sollen, Herr Besserwisser?

Ich bin mir nicht sicher, ob ich Ihren Tonfall mag, Leutnant Hudd.

Es ist nicht meine Schuld, dass wir hier festsitzen.

Es tut mir leid. Hab ich deine Gefühle verletzt, Blechmann? Du musst mir verzeihen. Ich bin ein bisschen aufgebracht ...

... weil wir *verloren sind*.

Streiten hilft uns nicht dabei, von diesem Felsen zu kommen.

Sondern was? Wir haben kein Schiff, kaum Waffen und das Einzige auf diesem Planeten ist eine *große, gruselige* Festung.

Du meinst eine große, gruselige Festung, die von einer *kleinen Armee* Stumtruppler bewacht wird?

Oh, dann ist dir das *aufgefallen*?

Aufgefallen?

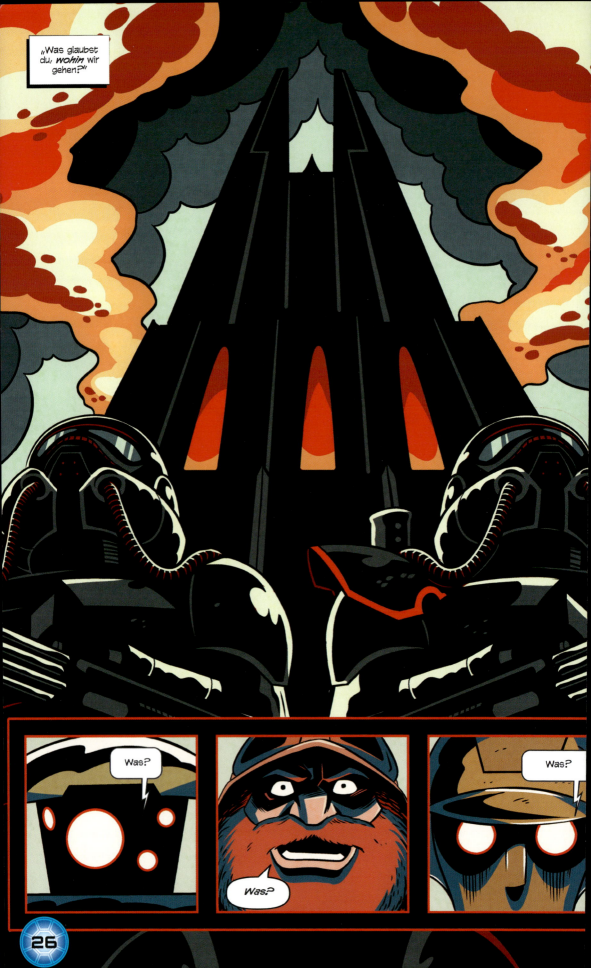

DER PLANET MUSTAFAR.

Okay, Leute ... wenn wir das durchziehen wollen, müssen wir da *unerkannt* rein.

Entfernt alle Insignien, Rangabzeichen und Aufnäher der *Rebellenallianz* ... alles.

Wenn wir das durchziehen?

Lina, das ist *nicht* dein Ernst.

HSSSS

Wenn du mit deinen *neuen Freunden* lieber hierbleiben möchtest ...

AAARGH! Was ist das?

Sie scheinen eine neue Larvenart entdeckt zu haben. Keine Sorge, Leutnant, die sind *sicherlich* harmlos.

"... denn jetzt steckte der Feind in den eigenen Reihen."

Peel, was machst du da?

VZZT

SKRAAA

Peel!

Er wurde infiziert!

Er darf dich nicht verletzten!

Der Gedanke kam mir *auch* schon.

RAAA

VZZ-OWWW

Danke, Commander.

Soldat Peel muss verwahrt werden, bis wir ein Gegenmittel gefunden haben.

Wo finden wir das, Sir?

Was denken Sie?

„Und so näherten sich die Jedi dem Versteck des dunklen Lords ..."

„... schon überzeugt zu wissen, wen sie hinter den bröckelnden Mauern finden würden."

Das hab ich mir gedacht. Eure Schreckensherrschaft ist vorbei ...

... Count Dooku!

Meister Jedi.

Ich würde sagen, dass es mir ein Vergnügen ist, wenn Ihr Euch nicht unge-beten einmischen würdet.

Welch schlechte Manieren, Obi-Wan. Qui-Gon wäre enttäuscht.

Haben die Ältesten der Brayaner Euch eingeladen, in Ihre Welt einzudringen?

Ihre Kinder in Monster zu verwandeln?

Das war nicht meine Schuld.

Wie Ihr bin ich nur ein Gast auf diesem dunklen Planeten.

Aber wartet ... Ihr müsst noch unseren Gast-geber treffen ...

Begegnet *Ravna*, dem Lord der Dunkelheit.

HISSSSSSS

„Ihre Lichtschwerter wirbelnd sprangen die Jedi dem Monster entgegen ..."

VZZZT

„... was sich als ihr erster Fehler entpuppte."

Mein Licht-schwert!

WHSSSH

Ich habe schon besser gegessen.

Lass ihn los, Monster!

Nein.

AAAAAAA! Dooku ... nein!

SLAM

KZZT

Was für eine Macht.

Vielleicht sollte ich Euch verspeisen, Sith-Lord.

Denkt an unsere *Vereinbarung*, Lord Ravna.

Helft mir, die Jedi zu vernichten, und Ihr werdet Euch nach Belieben ausbreiten dürfen.

Dooku, das dürft Ihr nicht!

Millionen werden sterben, wenn Ihr das zulasst!

Millionen *Klone*, General.

Ich glaube, eins Eurer Bataillone wurde bereits verwandelt.

Es muss nur ein infizierter Soldat hinter die feindlichen Linien gebracht werden ...

„... und die Infektion wird sich wie ein Lauffeuer ausbreiten, Eure Verteidigung wird binnen Stunden zusammenbrechen ..."

... denkt darüber nach, Obi-Wan. Die Galaxis vereint. Die Klonkriege beendet.

Und alles durch *nur einen Kratzer.*

Ja, eine vereinte Galaxis ... in meinem Namen.

Wartet. Was macht Ihr da, Lord Ravna? Denkt an unsere Vereinbarung.

Dass wir Eurer kostbaren Konföderation dienen sollen?

Dass der große Count Dooku meinen Kindern erlauben wird, zu speisen, wo es ihm passt?

Ravna dient niemandem!

AAARGH!

SLIK

Sie braucht nur eine *helfende Hand*.

Reicht herauf mit der *Macht*. Reißt die Mauern ein.

Ich kann nicht ... Es ist zu viel.

Unsinn. Wie ich es auch immer Anakin sage ...

„... zusammen können wir alles erreichen."

Nein! Das kann nicht sein!

RRMMMBLE

„Zusammen sind wir *stark*."

KRAKOOOM

„Und so wurde Ravna begraben ..."

43

„... sein bösartiger Einfluss wurde gebrochen ..."

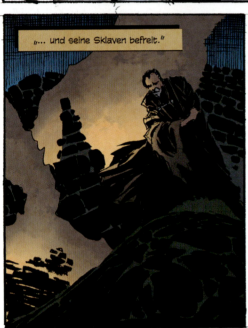

„... und seine Sklaven befreit."

„Die Jedi kehrten zurück zu ihrem Krieg, Brays Albtraum endete."

„Im Laufe der Zeit wurde der dunkle Lord zu einem Schreck-gespenst, ein Name, mit dem man Kindern Angst einjagte."

„„Geh ins Bett oder Rayna kommt dich holen. Er macht dich zu einem der seinen.'"

„Aber niemand glaubt an Monster. Nicht mehr."

„Denn Monster existieren nicht ..."

„... oder?"

„Oh, ja, sehr schlau, Leutnant ..."

... aber ich weiß nicht, wie Gruselgeschichten den armen Skritt ermutigen sollen, aus seinem Panzer hervorzukommen.

Ich mag Gruselgeschichten.

Natürlich tust du das, Ge-Drei. Weil du ein harter Kerl bist ... so wie ich.

Außerdem hat sie uns von den Lavaströmen abgelenkt, oder?

KLONK

Stimmt, aber nun müssen wir uns konzentrieren.

Und einen Weg in dieses Monstrum finden.

Wie ich schon sagte, du bist der Dieb.

Sind wir in Sicherheit?

Oh, sehr gut, Skritt. Es ist schön, Sie wiederzusehen, alter Freund.

Nicht sicher! Nicht sicher!

Was meinen Sie mit „nicht sicher". Sie sollten wirklich lernen, nicht in Panik ...

... zu geraten!

Oh, nein.

Miss Lina! Miss Lina ...

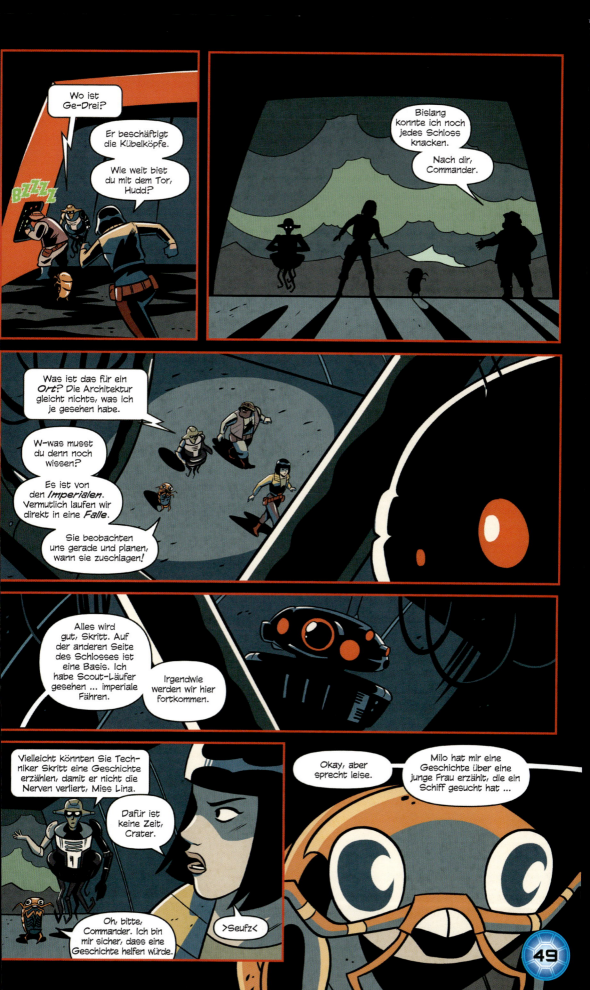

RA-OOOO

Was war *das?*

>Seufz<

Nur ein dummer Vogel.

Das war *deine* Schuld.

HRAAAA?

Du machst mich *nervös.*

Lass uns die Ware überbringen und abhauen.

GRAAAAA!

Okay, wenn du solche Angst hast, mache ich es allein.

Pass nur auf, dass dieses Unkraut nicht in den *Falken* gelangt.

Ich bin zurück, bevor du es merkst.

RRRRAAA...

RAAAAAA!

VSHOOM VSHOOM

Wird auch Zeit, du Angsthase.

HRAAACK!

Pffft

Riech nicht an den Pflanzen.

Hey, das ist gemein! Warum bist du nicht gealtert?

RRAGAAAA.

Was meinst du damit? Du siehst nicht einen Tag älter aus als 192 Jahre.

RARAAAA!

Danke, Kumpel, wobei ich hoffe, dass ich dieses Ding nie wieder sehe.

Wertloser Müll.

SMASH

AAA!

"Und so verwelkte Zallas Königreich."

VOOOSH

"Und mit ihm ihre Macht."

"Und die Piloten, nun, die verjüngten sich wieder ..."

Chewie, erinner mich dran, *niemals* alt zu werden.

HRAAAAA!

Ja, du hast leicht reden.

"... haben die eine Million Credits aber nie gesehen. Doch das war ihnen egal."

"Sie hatten noch ihr ganzes Leben vor sich."

Warum machst du so ein langes Gesicht, Karamu? Wir haben es geschafft, oder nicht? So wie immer.

Aber was, wenn es noch nicht vorbei ist, Han? Was ist, wenn sie dein Schiff verflucht hat?

Den *Falken* verflucht? Ha!

Ich will seh[e] wie sie da[s] versucht.

Weißt du was ... die Geschichte hat so *gar nicht* geholfen.

Reiß dich zusammen, Skritt. So schlecht ist es hier nicht.

Und ich wette, dass da eine Menge wertvolles Zeug rumliegt.

Warte!

Aaaargh! Es ist wohl schlecht hier!

Ruhig, Skritt. Das ist nur Ge-Drei.

Di-diese Sturmtruppler werden uns nicht wieder be-belästigen, Commander.

Bist du dir *sicher*, dass es dir gut geht? Es sieht aus, als hätten sie sich gewehrt.

N-nichts, was ein Ölbad nicht r-richten könnte.

Wo ist Leutnant Hudd?

Hmmm, das ist seltsam ...

"... eben war er noch hier."

Nnn! Na los! Na los!

So wie ich die Imperialen kenne, ist das hier entweder voller *Waffen* ...

... oder voller *gestohlener Ware*, die darauf wartet, *befreit* zu werden!

Ja!

Du, mein kleiner, grüner Freund wirst mich *reicher als reich* machen. Warum auch nicht?

Das habe ich wirklich *verdient!*

MUSTAFAR.

Hudd, hörst du mich?

Wo bist du?

Das ist typisch für Leutnant Hudd, Miss Lina. Einfach typisch.

Wir sind von der Außenwelt abgeschnitten auf einem Planeten, der mit Lava überzogen ist, und müssen durch die gruseligste imperiale Festung diesseits von Ziost schleichen und er haut einfach ab.

Er könnte in Schwierigkeiten stecken, Crater.

Er stopft sich wohl eher die Taschen voll.

Haben Sie vergessen, wie er sich den Dolch der Omen von Hakotei angeeignet hat?

Nein.

Oder als die Chromium-Chips auf **wundersame** Weise ihren Weg in sein Quartier auf Yavin 4 gefunden haben?

Nein.

Und dann war da diese kleine Sache mit der Spinnenseide von Dathomir.

Ich meine, wenn man schon alte Gradtücher stiehlt, sollte man überprüfen, ob sie verflucht sind, bevor man sie sich unter die Jacke schiebt ...

Okay, Crater. Ich verstehe, was du sagen willst.

Es war nicht einfach für Thom, ein neues Leben anzufangen, als er sich der Allianz angeschlossen hat. Aber das heißt nicht, dass wir immer vom Schlimmsten ausgehen sollten!

Ich denke nur, Leutnant Hudd sollte sich daran erinnern, dass nicht alles Aurodium ist, was glänzt.

Er hat offensichtlich noch nie von dem **verlorenen Schatz von Rane Mahal** gehört ...

Das reicht. Hört auf!

PEW

Ich hab es dir schon mal gesagt, Gwarm.

Deine Bande ist hier nicht willkommen.

Okay, Lorana. Wir gehen.

Was dich angeht, Freund: Du hast dir heute einen neuen Feind gemacht.

Ich füg dich meiner Liste hinzu.

D-danke ... Sie sind ein Held!

Sagen Sie ihm sowas nicht. Sein Ego ist ohnehin schon so groß wie ein kleiner Mond.

Hören Sie nicht auf sie. K gesagt, Lorana verrückt nach n Sie will es nur n zugeben.

Warum waren die Witzfiguren hinte Ihnen her?

Captain Gwarm ist auf der Suche nach dem Schatz von **Rane Mahal.**

Oh, es gab sie wirklich. Laut meinen Informationen hat sie die Koordinaten zu ihrem Piratenschatz in einem von **drei juwelenbesetzten Droiden** versteckt.

Zwei der Droiden sollen Fallen sein, aber der dritte beinhaltet Mahals verschollene **Sternenkarte.**

ZRMM

Und du weißt, wo diese Droiden zu finden sind?

Der Piratenkönigin? Ich dachte, sie wäre nur eine Legende ...

„Oh, ja. Der erste ist hier auf Kelada, für jeden sichtbar."

DAS RESTAURANT STERNENREISENDER.

Droide? Droide! Wo bleibt mein Essen?

Es tut mir leid, dass Sie warten mussten. Hier ist der Terazodeintopf mit einem Banthasteak als Beilage.

Den Sternen sei Dank! Ich bin völlig ausgehungert.

Hey, hey, hey, das kannst du nicht ausgeben. Der Koch hat das Salz vergessen. Tut mir leid, wir sind gleich zurück.

Was? Das ist ein Skandal! Ich will den Geschäftsführer sprechen.

Sicher, solange Sie nicht versuchen, ihn zu essen.

Was soll das? Das ist nicht der Weg zur Küche ...

Was du nicht sagst ...

Warum trägt der Wookiee kein Haarnetz? Haben Sie noch nie von Lebensmittelhygiene gehört?

GRAAAAH!

Ich weiß! Diese schwebende Juwelenkugel hört einfach nicht auf zu reden.

Denk nur an den Schatz, Chewie. Am Ende wird es sich lohnen.

Bitte, lass es das wert sein.

Okay, Makkeer, wir haben den Droiden ...

Makkeer? Wo steckt er?

71

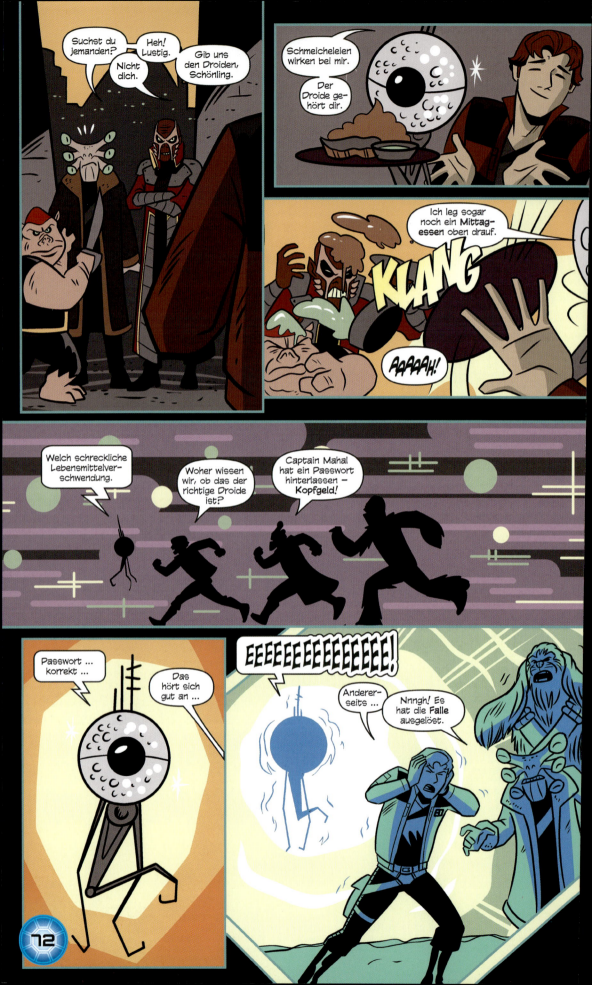

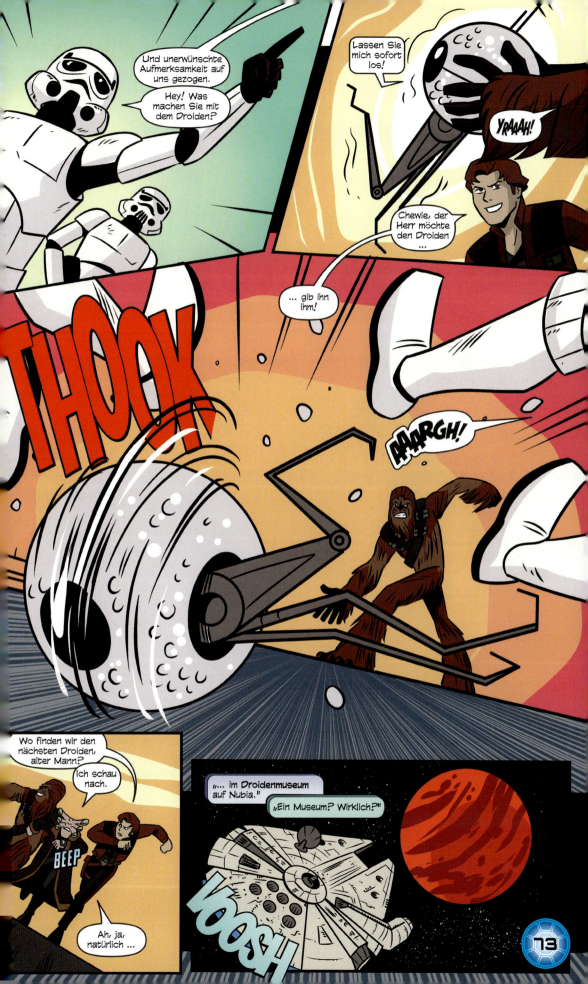

„Ich bin nicht wirklich der Museumstyp ..."

Und hier in Kentas Galerie befinden sich einige der wertvollsten Droiden unserer Sammlung ...

Wie Sie sehen, sind einige dieser Droiden mit kostbaren Metallen wie Silber, Gold und sogar Vorium verkleidet.

Aber all das ist nicht vergleichbar mit der NP-Einheit, die wir in den Ruinen von Mitek-Por gefunden haben.

YAWWN

Ja, ich weiß, der Typ redet noch mehr als der Kellner-droide.

Der bescheidene Hilfsdroide wurde mit einer Reihe schillernde Rubine, Saphire und Novakristalle verziert.

Ah, das ist er ...

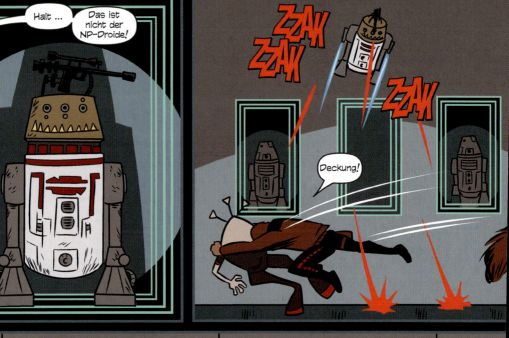

Halt ... Das ist nicht der NP-Droide!

ZZAK ZZAK

ZZAK

Deckung!

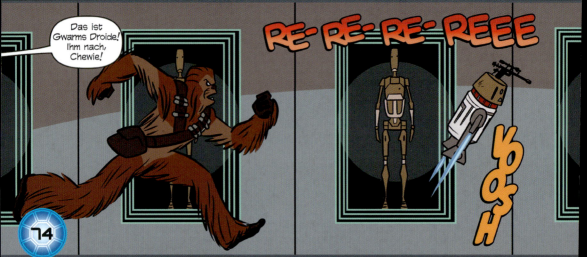

Das ist Gwarms Droide! Ihm nach, Chewie!

RE·RE·RE·REEE

VOSH

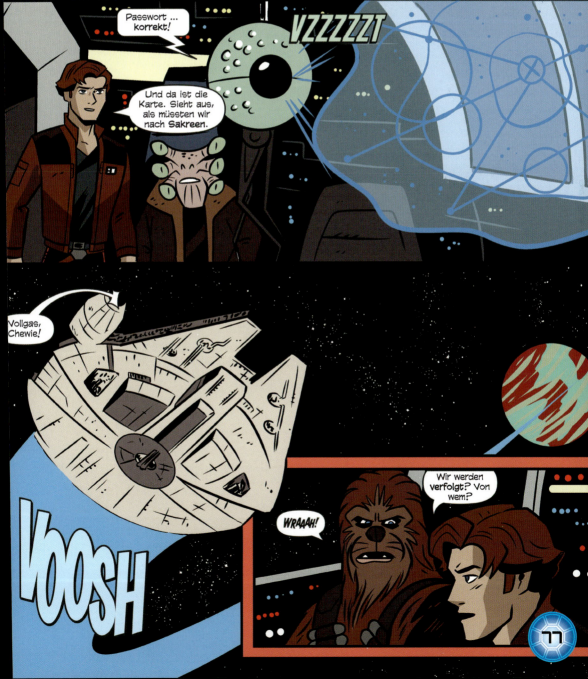

„Das ist die *Hand von Am-Shak* – Gwarms Schiff!"

„Und er glaubt, dass er uns in *diesem* Schmieröleimer einholt? Ich weiß nicht, ob ich beleidigt sein oder ..."

... oder Mitleid mit diesem Kerl haben soll.

Solo entkommt! Erhöh die Geschwindigkeit!

Wir sind so schnell, wie wir können, Captain ...

„... aber wir haben keine Chance, ihn einzuholen."

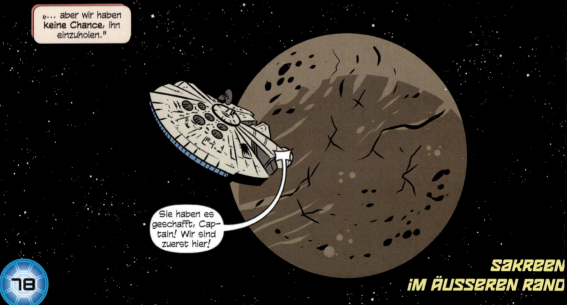

Sie haben es geschafft, Captain! Wir sind zuerst hier!

SAKREEN IM ÄUSSEREN RAND

Oh, so schlecht ist er nicht ...

... wenn man ihn erstmal richtig kennt.

KLANG

Makkeer? Was tun Sie da?

VZZZZZZT

Ein Ionen-verschlüssler? Ist das Ihr Ernst?

Ja, ist es. Captain Gwarm brauchte jemanden, der die Fallen ausschaltet.

Und Sie waren zu gerne bereit, dem nachzukommen, mein Held.

Sie mieser Verräter!

NGGH!

Ich kann ihn nicht halten! Chewie, wir werden ...

THOOM

SPLOOSH

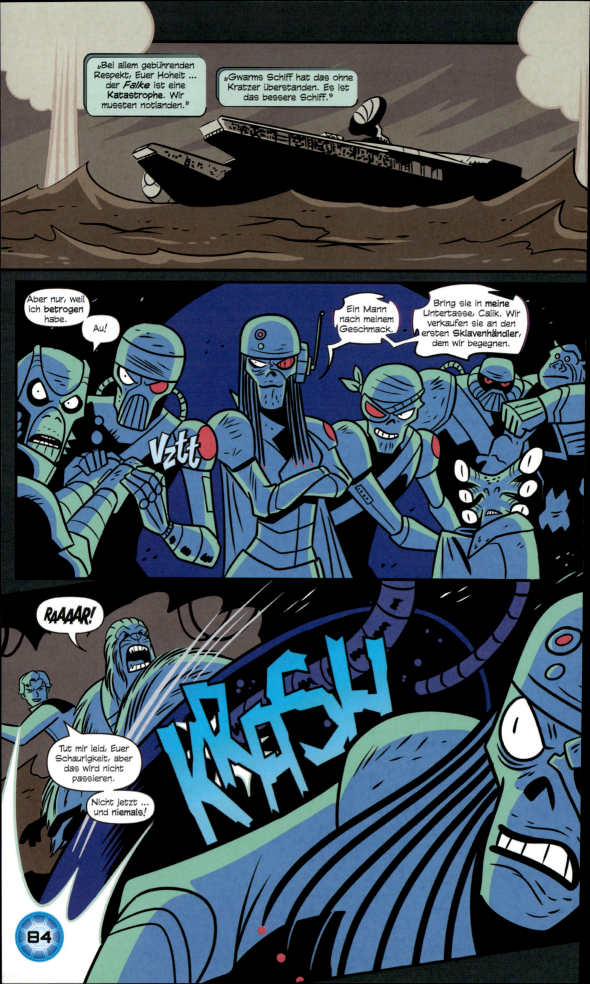

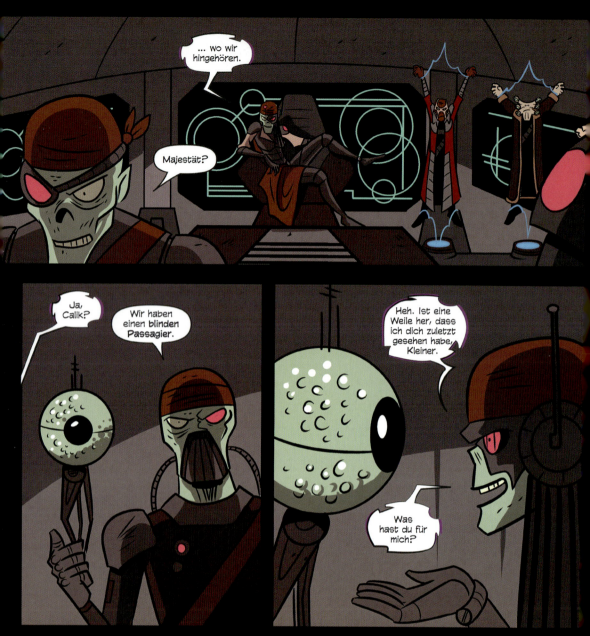

Leutnant Hudd ist nicht hier.

Na toll. Nun müssen wir *nicht nur* ein neues Schiff, sondern auch ihn finden.

Seltsam. Ich bin mir sicher, dass diese Rüstungen eben noch nicht hier waren.

Wir sind schneller, wenn wir uns aufteilen.

Skritt, du gehst mit Ge-Drei. Crater bleibt bei mir.

Meldet euch, sobald ihr Hudd gefunden habt.

Ohje. Ich bin für dieses Umher- schleichen nicht geeignet.

Du musst deine *Mut- Schaltkreise* einschalten, Techniker Skritt.

W-wenn ich das nur könnte. Für dich ist das so einfach, Ge-Drei. Du bist so groß und mächtig.

Denk nur daran, wie du es mit den Trupplern aufgenommen hast.

Ah, du verwechselst *Größe* mit *Mut.*

Vielleicht hilft dir eine Geschichte, deine Angst zu überwinden.

Nein, das glaube ich nicht ... Das würde es nicht nach der letzten.

Unsinn. Eine mitrei- ßende Geschichte ist *genau*, was der Medidroide anordnet ...

„Insbesondere eine, die so gut ist, wie die hier. Sie hat alles: tapfere Krieger, eine gewagte Flucht ..."

„... und alles beginnt auf einem *Waldmond* weit, weit weg von hier ..."

VI-XI-VIVEEE

VI-VI-EEE

VI-XI-VI

VEEE

Gah! Weg mit dir!*

Sch. Sch.

*übersetzt aus der Sprache der Ewoks.

Was *machst* du da, Chirpa? Hör auf, herum-zuspielen.

Es sind diese blöden Wisties. Makrit sollte etwas gegen sie unter-nehmen.

Hör auf zu meckern und blase ins Borra-Horn. Chukha hat das Signal vor einer Ewigkeit gegeben.

Wollte ich *gerade*, Ra-Lee.

Man könnte denken, dass das *deine* Jagd ist, nicht meine!

PA-ROOO PA-ROO

„Doch das war nicht der Fall ...“

Das Dorf hat heute genug zu essen, Vater. Wir haben einen Eberwolf gefangen. Den größten, den du je gesehen hast.

Warum ist es so ruhig? Warum ist hier niemand?

Vater, hast du mich gehört? Die Jagd war erfolgreich.

Nicht jetzt, mein Sohn. Makrit und ich müssen schwerwiegende Dinge besprechen.

Was ist passiert, Häuptling Buzza?

Weitere Wokling sind verschwunde. Sie wurden aus ih Körben geraubt, sie schliefen.

Geraubt? Bist du sicher?

Es müssen *Duloks* sein, die ihr Unwesen treiben. Wer sonst würde sich nachts in unser Dorf schleichen und unseren Nachwuchs stehlen?

Du hast recht, Ra-Lee. Und wir werden Rache nehmen.

Die Dulok haben uns z letzten M verärgert

94

äuptling Buzza, ich rate zur Vorsicht.

Die Duloks haben den Frieden seit Jahren eingehalten. Sie jetzt anzugreifen, kann nur zu *Krieg* führen.

Aber wie Ra-Lee sagte ...

Buzza, *hör* mir zu.

Das ist der *falsche* Weg.

J-ja ... du hast recht, Makrit ... natürlich hast du recht.

Vielleicht sind die Woklinge allein abgehauen.

Aber das ergibt keinen Sinn.

Wir ... wir suchen nach ihnen, sobald die Sonne aufgeht.

Eine gute Entscheidung, Häuptling Buzza.

Ich glaub es nicht. Seit wann befolgt dein Vater Befehle von *Makrit*?

Makrit ist ein Schamane, Ra-Lee. Er weiß es am besten.

Dieses Mal nicht.

Logray? Wie kannst du das sagen? Du bist Makrits *Schüler*.

Deshalb muss ich mit ihm nicht einer Meinung sein.

Die Duloks *müssen* dahinter stecken. Wir müssen uns ihnen *heute Nacht* stellen ... bevor es zu spät ist.

„Aber als sie im Lager der Duloks ankommen ..."

Was ist hier passiert? Dieser Ort ist verlassen.

Etwas muss die Duloks angegriffen haben. Etwas *Großes*.

Kondordrachen?

Diesen Spuren zufolge nicht.

Es ist eine Art *Monster*.

GRRRRRAAAAAA

Dreckiger Ewok!

Ra-Lee!

Lass sie los, Dulok!

Nein, sie wird geopfert. Ihr werdet alle geop...

...

Geopfert? Was für ein Opfer?

Hallo?

Warum bewegt er sich nicht?

Er ist im Licht des *Sonnensterns* gefangen. Sein schwaches Dulokhirn kann sich ihm nicht widersetzen.

M-Master Makrit? Was machst du hier?

Ich bin euch vom Dorf gefolgt, mein junger Schüler. Es scheint, als müsste ich mich bei Häuptling Buzza entschuldigen.

Die Duloks *sind* noch immer der Feind. Möge ihr Fell ausfallen.

Nein, Duloks nicht Feind ...

... Großer ist gekommen ... hat Dorf zerstört ...

... hat alles zerstört ...

97

Und deshalb brauchst du ein Opfer? Damit der „Große" nicht zurückkehrt?

Opfer muss erbracht werden ...

... jenseits der Wüste von Salma ... am Fuße des Bergs Krana.

Dann müssen wir dort hingehen.

Au! Was pas[...] hier?

Pass auf[...] Ra-Lee. Du [...] ihn aus sei[...] Trance geho[...]

Und jetzt kriegt er eins auf die *Nase*.

Wir haben *hier* genug Zeit verplempert.

Wir müssen die Woklinge retten.

THUNKK

Nrrg!

„Und so brachen die tapferen Krieger auf, um die gefährlichen Ebenen zu überqueren ..."

„... und die Opferstätte zu erreichen."

Beim Goldenen! Sieh nur, Makrit. Da sind sie!

arum bewegen e sich nicht?

Wir müssen sie befreien.

Wartet. Ich glaube, ich kann die Tür öffnen.

Da.

Kommt, ihr Kleinen. Wir müssen von hier verschwinden.

Ich glaube nicht.

SLAMM

Master Makrit? Was machst du?

Was denkst du?

Als ob ein paar schäbige Woklinge ausreichen würden. Ich brauche *mehr*. Ich brauche den *Sohn des Häuptlings*.

Du warst das.

Du hast sie hergebracht.

THOOM

Ich habe sie *alle* hergebracht.

Das *perfekte* Opfer.

THOOM

Und genau zur richtigen Zeit. Seht! *Er* kommt.

THOOM

99

Was ist das für ein *Ding*?

Das ist ein *Gorax*. Und zwar ein hungriger.

Ra-Lee, nimm deine Axt. Befreie uns.

Das Borra-Horn? Was soll das *bringen*?

Dafür haben wir keine Zeit.

PA-ROOOO PA-ROO

Aargh!

Ich glaub, ich weiß es.

„Und das wurde es ..."

Nein!

Oh, nein.

Nein, nein, nein ...

RRRAAAAAAAAGH

Wo ist Hudd hingegangen? Je schneller wir diesen Ort verlassen, desto ...

Commander? Commander! Bitte kommen!

Aaa!

Skritt? Du hast mich zu Tode erschreckt.

Ge-Drei, er ist ...

FZZZT

... zerfetzt.

FZZZT

Skritt? Skritt?

Es hilft nichts. Er ist weg.

Du bleibst hier.

Hierbleiben? In diesem düsteren imperialen Gang?

Oh, das klingt nach einer super Idee.

Aber sorgen Sie sich nicht um mich. Ich bin schließlich nur ein ...

VSSSSSMM

... Droide.

Oh, nein.

VWOOSH

111

„Brutale Wilde. Ein aufgebrachter Mob ..."

„... aber sie hatten Glück."

*Übersetzt aus der Sprache der Mustafarianer.

Gnade.

<Gnade?>

<War dein Meister gnädig, als er die Unseren *abgeschlachtet* hat?>

Du missverstehst mich, Mustafarianer ...

... ich habe nicht mit dir gesprochen.

VMMM

AAAAAAAAAAAAA

„Sie erkannten ihren Fehler ..."

Alles, was ich sehe, ist ein Feigling, der meinen Droiden beschädigt hat!

ZPOW

Vielleicht solltest du dir jemanden suchen, der sich *wehren* kann.

Du bist mutig.

KZZCK

Eine Schande, dass du deinen Mut *falsch* einsetzt.

Miss Lina — passen Sie auf!

KRASSH

AAAA!

Sind *das* die Rebellen, die dich so verängstigt haben, Vaneé? Ich bin enttäuscht.

S-sie sind in die Festung eingedrungen, Meister ...

... haben versucht, Eure Schätze zu stehlen.

Dann sollen sie *sterben*.

AAAH!

Jetzt reicht's.

Mit mir können Sie machen, was sie wollen. Halbieren Sie mich. Lassen Sie meinen Zentralprozessor durchbrennen ...

... aber niemand verletzt Miss Lina, nicht, wenn ich in der Nähe bin!

THUKK

AAAAA!

Vaneé, du *Narr!*

Lauf, Skritt. Rette Miss Lina.

Crater — nein!

Lauft!

Wir hätten ihn nicht zurücklassen sollen.

Wir hatten keine Wahl. Wir müssen uns verstecken.

Hier.

Oder auch nicht!

Nein, gar nicht!

Skritt, es gibt keinen Grund zur Sorge.

Das sind keine Rüstungen. Das sind Droiden. Alte Droiden, aber trotzdem Droiden.

Und Droiden kann man *umprogrammieren*.

Was tust du da?

Erinnerst du dich an Hudds Geschichte, in der Jedi und Sith zusammengearbeitet haben?

KLIK KLIK KLIK

„Leider ja. Ich erinnere mich nur allzu gut."

Wir müssen ihrem Beispiel folgen.

Es ist zu spät. Er hat uns ge*funden*.

VSSSSSMM

Das sollte ihn beschäftigen.

Lauf!

119

Da! Was hab ich dir gesagt? Schiffe in Hülle und Fülle.

Endlich! Lass uns hier abhauen!

Nicht ohne Crater. Er mag ein nörgelnder Rosteimer sein, aber er gehört zur *Familie*.

Schnapp dir ein Schiff und verschwinde, wenn du musst, aber berichte der Allianz von diesem Ort.

Mir ein Schiff schnappen? Allein? Aber da sind so viele *Lavatruppler*.

„Ich bin kein Held aus Linas Geschichten."

Es sei denn ...

... was hat sie über *Familie* gesagt?

Denkst du, dass ich dich nicht hören kann, Commander?

Oder dass Droiden mich aufhalten würden?

VZZZKK

Es war *dumm* von dir, zurückzukehren.

KK-KK

KRBOOM

Meister, die Festung ...

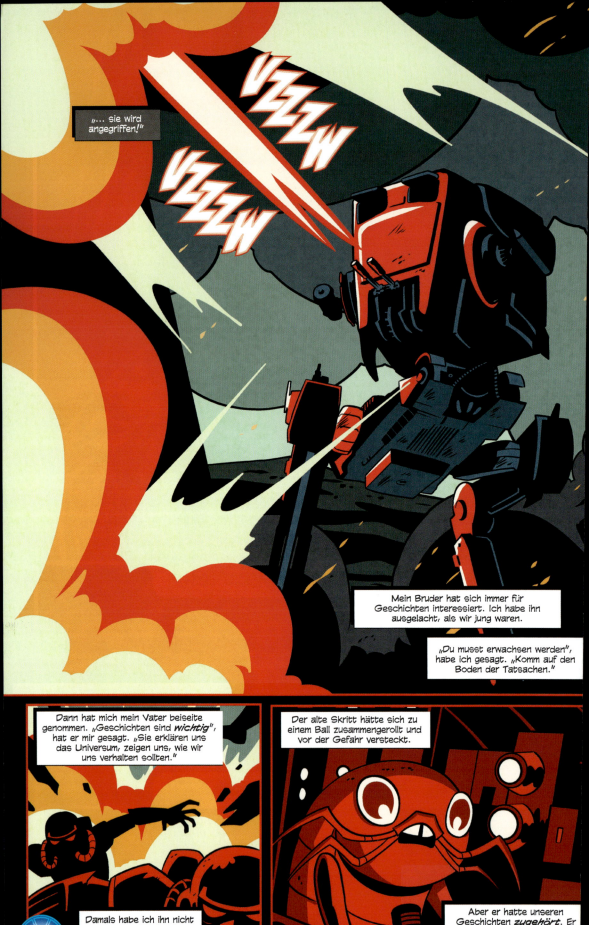

Er hat mich gerettet ...

... aber für welchen Preis?

WHSSSH

AAAAAA!

Zeichnung von Kelley Jones, Farben von Michelle Madsen

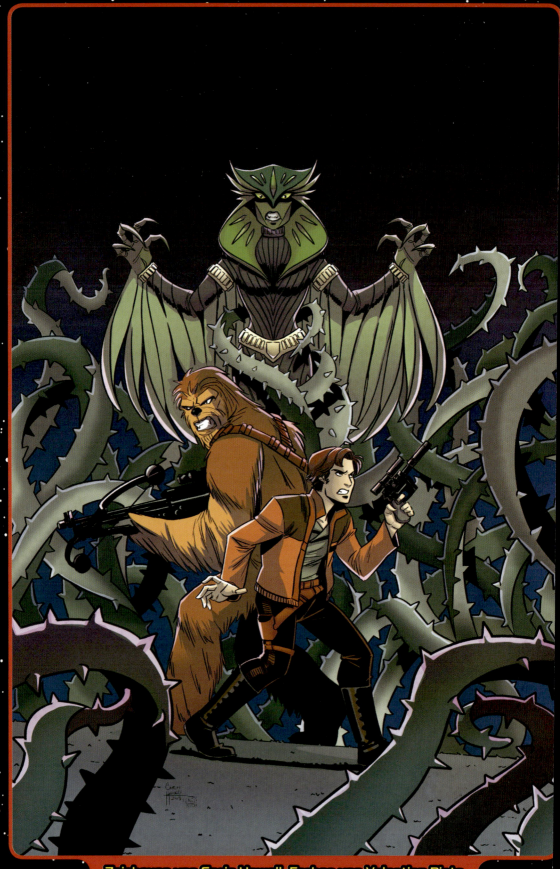

Zeichnung von Corin Howell, Farben von Valentina Pinto

Zeichnung von Robert Hack, Farben von Charlie Kirchoff

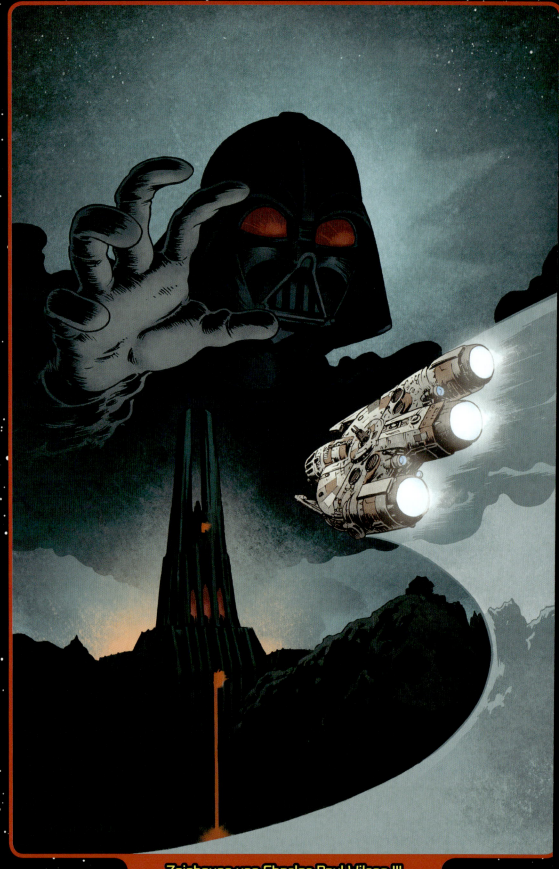

Zeichnung von Charles Paul Wilson III

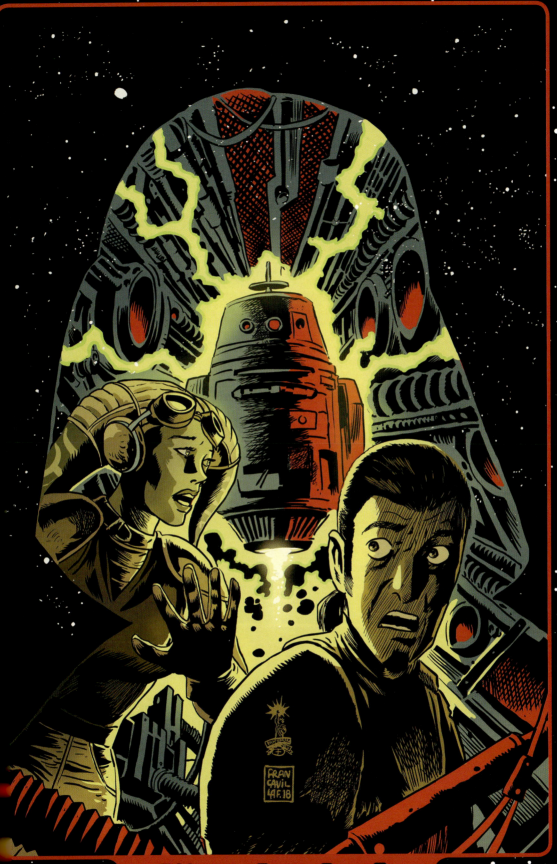

Zeichnung von Franceso Francavilla

133

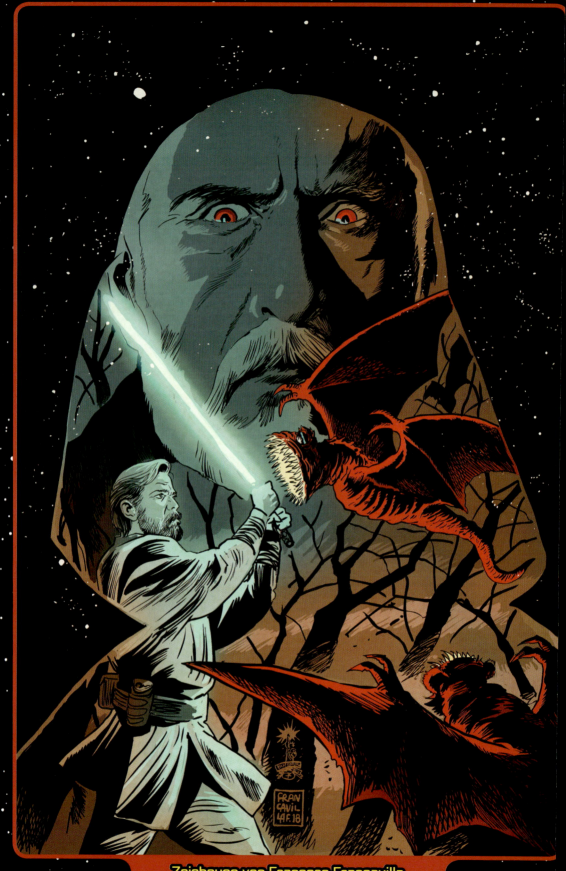

Zeichnung von Franceso Francavilla

Zeichnung von Franceso Francavilla

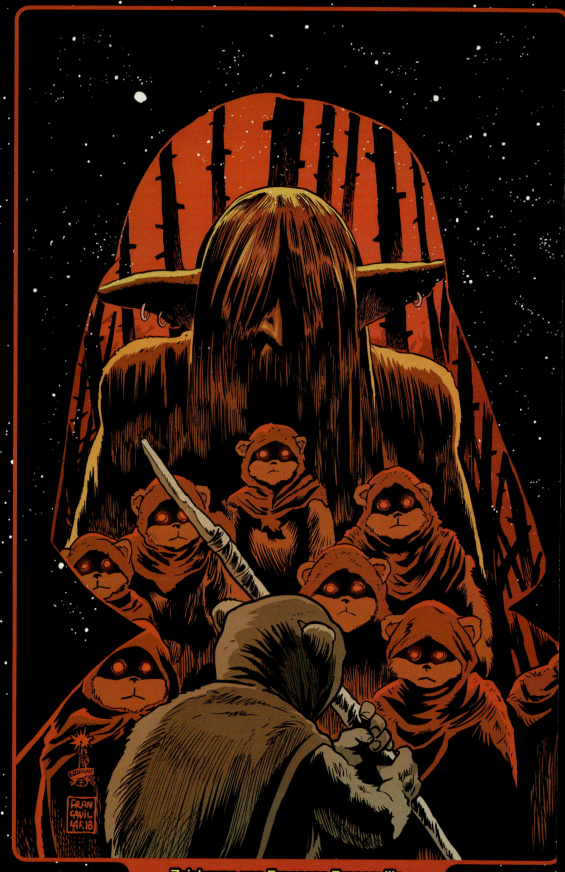

Zeichnung von Franceso Francavilla

Zeichnung von Chris Fenoglio

137

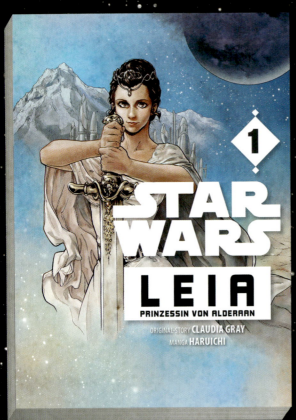